# ALFAGUARA
## INFANTIL

www. librosalfaguarainfantil.com

¿DE QUÉ COLOR ES TU SOMBRA?

D.R. © Del texto: José Ignacio Valenzuela, 2013
D.R. © De las ilustraciones: Sandra Serrano Sol la Lande, 2014

D.R. © De esta edición:
    Santillana Ediciones Generales, S. A. de C. V., 2014
    Av. Río Mixcoac 274, col. Acacias
    03240, México, D.F.

Primera edición: marzo de 2014

ISBN: 978-607-11-3250-5

Fotografía de interiores: Armando Arias

Impreso en México

Este libro se terminó de imprimir en el mes de
Marzo de 2014, en Edamsa Impresiones, S.A. de C.V.
Av. Hidalgo No. 111, Col. Fracc. San Nicolás Tolentino C.P. 09850,
Del. Iztapalapa, México, D.F.

Para **Matteo Akoskin**
y su legendario primer diente.

Tú no lo sabes y por eso te lo voy a contar:
Agustín es un niño de tu edad
que vive en un edificio muy alto.
Tan alto que el último piso
**casi toca las nubes.**

A Agustín le gusta acercarse
a la ventana y desde allí mirar la ciudad
y a esa gente pequeñita que se ve tan lejos,
allá abajo. Así pasan las horas y Agustín
no se mueve de ahí. ¡Cómo quisiera
jugar con sus vecinos y compañeros
de la escuela! Pero no lo hace porque
**nadie quiere jugar con él.**

Tú tampoco lo sabes, pero
**Agustín tiene un problema:**
vive en una ciudad donde toda la gente
y todos los objetos tienen su sombra
**de color negro.**

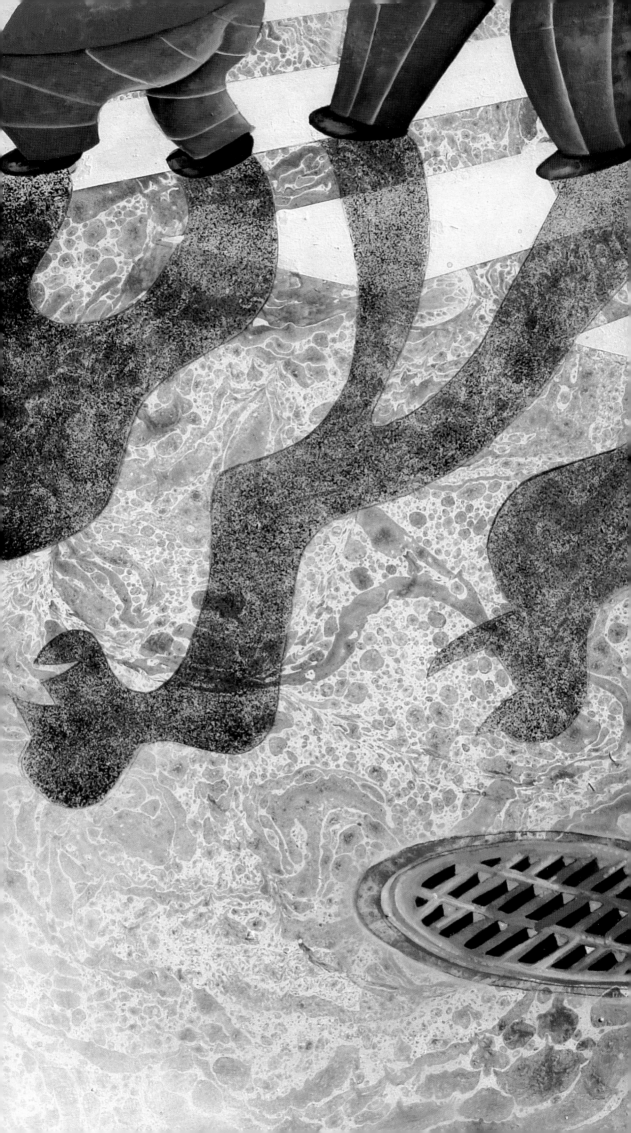

**Todos.** Su maestra,
su tía Jacinta, sus padres.

... el árbol del patio de la escuela y hasta su perro. **Todos tienen sombras oscuras.**

Y, para que tú lo sepas,
esto es un problemón, porque
**la sombra de
Agustín es amarilla.**
Tan amarilla como el Sol.

Por eso sus vecinos y sus compañeros
de la escuela no juegan con él. Y cuando
Agustín camina junto a ellos, se ríen y señalan
su sombra amarilla proyectada sobre
el suelo, y le dicen cosas así:

**«¡Mírenlo,
es distinto a todos!**
¡No se parece a nosotros!
¡Vamos a dejarlo solo!»

Cada palabra a Agustín le duele como un golpe.
## Por eso no sale nunca
de su departamento y desde la ventana
observa en silencio la ciudad. ¿Y sabes por qué?
Porque ahí adentro nadie se burla
de su sombra amarilla, brillante como un sol.

Pero te voy a contar también que hace muy poco,
Agustín se despertó en mitad de la noche.
**Su cama se movía de lado a lado,**
como si una mano invisible la estuviera empujando,
y los cristales de su ventana hacían tanto ruido
que pensó que aplaudían.
Por un momento, creyó que seguía soñando.

Pero los gritos de su madre hicieron
que se levantara de un brinco:

# «¡Está temblando!»

El departamento de Agustín se sacudía
igual que lo hace su perro cuando
se seca después de salir del agua.
Nunca había sentido algo parecido, así que
corrió hacia la puerta, donde sus padres
ya lo esperaban para bajar a la calle.

Juntos salieron al pasillo
y se encontraron con los vecinos,
que gritaban asustados:
«¡Hay que salir cuanto antes!
¡Vamos por las escaleras!
¡Con mucho cuidado! ¡El edificio es tan alto!
¡No veo absolutamente nada!
**¿Qué vamos a hacer?».**

Para que tú lo sepas, aunque podrás imaginártelo,
se había ido la luz. Todos estaban
**en la más completa oscuridad.**
Una oscuridad tan negra como sus sombras,
que en ese momento ni se veían
porque todo era una gran mancha
del color de la noche.
Nadie se atrevía a dar un paso.

De pronto, sucedió algo
que dejó a todos con la boca abierta.
**Una intensa luz amarilla
apareció en aquella oscuridad,**
como si el sol se hubiera despertado
sin avisarle a nadie. «¿Qué será eso?»,
se preguntaron los vecinos, muy confundidos.
«¡Es una vela! ¡Es una lámpara!
¡Por fin regresó la luz!»
No, no era nada de eso.
Yo creo que no tengo que contarte nada más,
pues tú ya adivinaste de qué se trata,
¿verdad?

# ¡Claro!

## Era la sombra de Agustín

que, como desde el primer día de su vida,
brillaba con intensidad. Pero esta vez
se veía aún más amarilla a causa de todo el negro
que la rodeaba y le permitía iluminarlo
todo a su alrededor.

Agustín avanzó hacia el primer peldaño
de la escalera y desde ahí les gritó
a los que lo rodeaban:

# «¡Síganme,
## yo los voy a sacar de aquí!».

Y por primera vez, la gente que vivía en el edificio
se alegró de estar junto a Agustín.
Sin decir una sola palabra,
todos le hicieron caso.

Agustín bajó corriendo las escaleras,
iluminando a su paso cada esquina oscura,
feliz de saber que por fin
**le había encontrado
un uso a esa sombra**
tan distinta a la de los demás.

Cuando llegaron todos a la calle,
el temblor ya había pasado. Y gracias a la sombra
del valiente Agustín, no había ni un herido.
## «¡Es un héroe! ¡Viva Agustín!
¡Qué suerte tiene de que su sombra sea amarilla!»
Así gritaron todos y comenzaron a aplaudir.

Te imaginarás también que a partir de ese día
**Agustín fue el niño más popular**
del edificio, de su barrio y de la escuela.
Ya no tuvo que seguir encerrado
en su departamento, mirando
la ciudad desde la ventana.

**Ahora puede jugar feliz,**
dejando que su sombra diferente
se mezcle sin problemas con las sombras
negras de sus nuevos amigos.
Como siempre debió ser.

# ¿Y tú ya sabes
# de qué color es tu sombra?

A lo mejor es roja, o azul, o verde.
Si es así, felicidades porque seguro
también eres especial. Pero tú tendrás
que contármelo ahora porque
yo no lo sé y solo puedo imaginarlo.